jutta_s

Kater Turbo - ein liebenswerter Chaot

Bibliografische Information der Deutschen Nationalbibliothek:
Die Deutsche Nationalbibliothek verzeichnet diese Publikation in der Deutschen Nationalbibliografie; detaillierte bibliografische Daten sind im Internet über http://dnb.dnb.de abrufbar.

© 2015 jutta_s

Illustration und Cover: jutta_s

Herstellung und Verlag: BoD – Books on Demand, Norderstedt

ISBN: 9783734791833

Die Nacht der Katzen
Der weiße Traum
Turbo und Amy
Gefühls-„Turbo"lenzen
Obdachlos
Freiheit und Einsamkeit
Fräulein Mabel
Turbo hat Familie
Turbo und die Löwen
Turbo fängt Fische
Katzenparty
Die Geschichte der alten Katze
Familientreffen
Abschied von Ronja

Die Nacht der Katzen

Wenn abends die Menschen beim Fernsehen oder in der Stammkneipe sitzen, wenn die Straßen nicht mehr so bevölkert sind und wenn dann der Mond, voll und rund wie ein Lampion, von unsichtbarer Hand in den tiefblauen Himmel gezogen wird, ja, immer dann steigen die Katzen auf die Dächer der Häuser.

Gegen die silberne Scheibe des Mondes betrachtet, sehen sie wie Scherenschnitte aus. Nur die grünen Augen funkeln, wenn sie im schwarzen Mondschatten auf ihre Gespielen warten.

Diese Katzen, die sich dort auf den Dächern präsentieren, kann man keinesfalls Streuner nennen. Sie kommen aus gutem Hause. Bei den Menschen haben sie ihren eigenen Wohnbereich, sind verwöhnt, verhätschelt und bekommen nur das feinste Futter. Ökologisch erzeugt versteht sich. Flöhe und anderes Ungeziefer - kein Thema für jene, meist langhaarigen Diven.

Im Normalfall ist das so. Allerdings, im Frühling, wenn die Natur stärker ist als jede Vernunft, kann man nicht mehr vom Normalfall sprechen. Völlig von der Rolle tauschen sie mit Freuden ihre reinliche Umgebung gegen das wilde und

schmutzige Abenteuer in verrufenen Gegenden. Sie wollen raus aus ihrem goldenen Käfig und sich mit den Straßenkatern herumtreiben.

Schließlich sind das auch Katzen, logisch. Aber in Freiheit geboren, davongelaufen oder davongejagt. Eben Stromer, wie sie von den Menschen beschimpft werden.

Sehnsuchtsvoll und von heißem Begehren geschüttelt laufen sie vor den vornehmen Häusern auf und ab. Ihr liebeskrankes Maunzen bezahlen sie oft mit Blessuren, die sie sich durch alle möglichen und unmöglichen Wurfgeschosse der genervten Bewohner zuziehen.

Die Menschen zeigen wenig Verständnis für das natürliche Bedürfnis ihrer Lieblinge. Auch für das Leiden der armen Vagabunden.

Wobei man sagen muss, auch wenn es ihnen wehtut, leiden werden sie in dieser Zeit bestimmt nicht.

Die tapferen Straßenkater präsentieren ihre Verletzungen selbstverständlich ihren Rivalen und begehrten Bräuten. Die Anzahl der Blutflecken, lädierten Augen und sonstigen Beulen ist ein wichtiges Kriterium für die zukünftige Position in der Clique. Wer die meisten hat, ist cool.

An einem solchen lauschigen Frühlingsabend beschloss ein kleiner schwarzer Kater, seinem traurigen Dasein ein Ende zu bereiten.

Nein, um Gottes willen, er wollte nicht sterben. Im Gegenteil, als die Sonne tagsüber die Erde aufgeheizt hatte und die darauffolgende Nacht dementsprechend mild wurde, sagte ihm der Instinkt: „Turbo, da draußen ist das Leben, carpe diem, nutze die Zeit!" Und haute ab.

Bis dahin hatte er sich redlich um die Aufmerksamkeit seiner Besitzer bemüht. Er heckte allerhand Streiche aus. Nur um ja einmal das ihm gebührende Interesse an seiner Person zu bekommen. Das bekam er, aber es ging ihm deshalb auch nicht besser.

Eine kleine Freundin blieb ihm trotzdem, ein Kind aus dem Nachbarhaus. Die Maria durfte ab und zu mit ihm spielen.

Wenn sie Turbo mit Käse, seiner Lieblingsspeise lockte, wusste er schon, wie er sich „drehen" musste, um an den Leckerbissen zu kommen. Sie befestigte ein Stück harten Gouda an einer Angel und schwenkte sie im Kreis um ihn herum. Dabei lachte sie aus vollem Hals und rief

immer wieder: „Der Kater dreht sich wie ein Turbo!« Von da an riefen ihn alle nur noch so - Turbo eben.

Ja, und dann hatte er auf einen Schlag sieben Mäuse zur Strecke gebracht. Dafür erhoffte er sich, endlich die fällige Anerkennung zu bekommen. Aber niemand nahm Notiz von der doch so beachtlichen Leistung für einen Hauskater.

Turbo gab nicht auf und zerbrach sich den dicken Katerkopf nach einer Lösung. Wie er zum Beispiel den Besitzern der Wohnung eine extragroße Freude bereiten könnte. Dabei kam ihm die Idee, seine Beute „appetitlich" auf dem Bettvorleger der Hausfrau zu präsentieren.

Irgendetwas hatte er wohl wieder falsch gemacht. Die Mühe war umsonst, schlimmer, die Aktion ging total nach hinten los.

Als die Frau morgens aus dem Bett stieg, kreischte sie. Und dann, unter abscheulichen Flüchen, packte sie Turbo lieblos am Fell hinter dem Kopf. Sie schüttelte ihn, bis ihm die Sinne schwanden, und warf ihn zur Strafe ins Bad. Sie verschloss die Tür und der Arme musste einen

ganzen Tag ohne Futter auskommen. Ach ja, nur die Mäuse warf sie ihm hinterher ins Katzenklo.

Das war zu viel für Turbo. Tief beleidigt flüchtete am nächsten Tag in die Freiheit.

Das hieß nun aber auch, kein Futter mehr aus dem Supermarkt. Bis dahin hatte er Mäuse nur zum Spaß gefangen und benutzte sie zum Spielen. Er jagte sie und ergötzte sich an ihrer Angst. Er lernte auch, sie zu töten. Die Nager lebendig zu fressen, das hatte bisher niemand von ihm verlangt. Trotzdem, er fand das immer noch besser, als seine Nahrung auf Müllbergen zu suchen. Das kam für ihn absolut nicht infrage. Er verachtete die Katzen, die im Dreck wühlten. Also musste er sich, gezwungenermaßen, auf seine raubtierhaften Gene besinnen.

Es funktionierte, Turbo blieb im Training und stärkte täglich seine Muskeln. Auch optisch wurde er immer attraktiver. Tiefschwarz, mit grünen Augen, war er betörend gut aussehend und machte sich bald einen Namen als „Don Juan".

Das hatte wiederum die Konsequenz, dass die rolligen Katzen in regelrechte Ekstase gerieten,

wenn sie ihn sahen und er ebenfalls, wenn er ihren Geruch wahrnahm.

Er liebte Katzen, mit dem „gewissen Etwas".
So wie eben die Straßenkatzen, die stolz ihre eigenen Abenteuer suchten.

Aber auch die adligen »Salontiger« mit den ulkigen Namen, die sich nach einem richtigen Haudegen sehnten, verschmähte er nicht.

Den Muff der winterkalten Räume hinter sich lassend, ging er zukünftig nur noch seinen Lieblingsbeschäftigungen - Fressen und Lieben - nach.

Der weiße Traum

Mia, die gestreifte Tigerkatze genoss ihr Sonnenbad. Sie liebte die warmen Frühlingstage und konnte stundenlang auf der Balkonbrüstung liegen. Nur, in letzter Zeit hatte Mia das Gefühl, da draußen passiert etwas, das sie auf keinen Fall verpassen dürfte. Gerade mal ein Jahr jung, war sie in vielen Lebensdingen noch recht unerfahren.

Als sie auf ihrem Lieblingsplatz vor sich hindöste, bemerkte sie ein eigenartiges Geräusch. Neugierig beugte sie sich weit über das Geländer und sah nach unten.

Betörende Düfte strömten von der warmen Erde zu ihr hinauf. Da sah sie einen schwarzen Kater durch die Büsche schleichen. Sie miaute ganz leise. Der Kater blieb stehen und horchte. Dann antwortete er, ebenso leise, aber unüberhörbar für Mia, mit einem deutlichen Schnurren. Das hieß wahrscheinlich: „Meine Liebe, ich habe ehrliches Interesse an dir."

Mia war geschmeichelt und sprang auf die Brüstung, damit Turbo, natürlich handelte es sich um den verliebten Vagabunden, sie in ihrer vollen Schönheit betrachten konnte.

In Turbos Körper machten sich einige Veränderungen bemerkbar und sein heißes Katerblut geriet in Wallung.

Kurzerhand suchte er die Fassade des Hauses nach einer Kletterhilfe ab. Nun, das Haus war kein Neubau. Ein altes vergammeltes Regenrohr führte zum Balkon und zu Mia.

Mia wohnte im zweiten Stock. Im ersten Stock war auch ein Balkon und die Tür zur Wohnung stand weit offen. Turbo kletterte am Rohr hoch. Als er fast die erste Empore erreicht hatte, riss dessen Befestigung aus der morschen Wand. Bedenklich bog es sich von der Fassade weg und drohte unter dem Gewicht von Turbo abzubrechen. Mit letzter Kraft schaffte er den Absprung und flog mit einem sagenhaften Satz in Richtung Balkontür. Wohlgemerkt, im ersten Stock.

„Na gut", dachte er, „ich denk nicht dran, mir noch den Hals zu brechen. Schau ich mich eben zunächst mal hier um."

Neugierig spähte er in den Raum. Dieser war der Sonne wegen abgedunkelt.

Zuerst sah er überhaupt nichts.

Dann funkelten ihn plötzlich zwei riesige grüne Augen an, die natürlich von einer Katze stammten. Turbo hatte nichts anderes erwartet. Er hatte sich von der Kletterei erholt und wurde zunehmend unternehmungslustiger.

Schnurrend kraxelte er, ohne zu zögern zu der Schönen, die ganz oben auf einem Kratzbaum lag. Scheinbar wartete sie bereits auf einen Besucher. Turbo war es recht, Mia hatte er bereits vergessen.

Die Katze im ersten Stock hieß übrigens Felicitas und hatte ein langes weißes Fell, das täglich fast eine Stunde lang von ihrer Besitzerin gebürstet wurde. Ein Grund, weshalb sie niemals ausgehen durfte. Aber es war eben Frühling und schon lange spürte auch sie so eine eigenartige Sehnsucht nach dem Leben da draußen.

Turbo indessen spürte jede Faser seines Körpers in Aufruhr geraten. Die beiden begriffen ganz schnell, was die Natur von ihnen forderte.

Erst jagten sie durch die Wohnung, um die Balzerei so richtig anzuheizen und dann liebten sie sich heftig. Ausgerechnet im Bett von Felicitas' Besitzerin, Frau Dr. Elisabeth Meier, Rechtsanwältin.

Der Kater machte seinem Namen alle Ehre.

Turbo und Felicitas blieben nach ein paar Minuten völlig erschöpft auf dem weichen Kissen liegen. Mit geschlossenen Augen genossen sie die angenehme Ruhe.

Für Entspannung blieb den beiden nicht viel Zeit, weil sie kurz darauf ein hysterisches Kreischen erschreckte.

Frau Dr. Elisabeth Meier hätte es nie für möglich gehalten, dass ihr Liebling einen Kater ins Haus lassen würde. Sie war schockiert.

Turbo allerdings auch. Er raste wie von der Tarantel gestochen durch die immer noch, oder Gott sei Dank, geöffnete Balkontür und sprang todesmutig in die Tiefe. Schönheit hin oder her, das Beste ist immer noch die Freiheit. Dachte er so bei sich, als er aus dem stachligen Rosenbusch wieder auf die Beine kam. Sein ganzer Körper war mit spitzen Dornen gespickt und vom zweiten Stock schaute Mia verächtlich auf ihn herab.

Im ersten Stock passierte erst einmal nicht viel. Drei Tage später bestellte allerdings die

Rechtsanwältin diskret und unbemerkt von den anderen Hausbewohnern, den Kammerjäger.

In Felicitas' herrlichem Fell war reichlich Leben eingezogen. Die kleinen Tierchen machten ab und an auch mal einen Ausflug in das Bett von Frau Dr. Meier, die dann von ständigem Jucken geplagt wurde.

Der Hammer aber kam Wochen später. Als Felicitas mit drei schwarz-weiß-getigerten Katzenbabys, zuckersüß anzusehen, in dem weichen Bett ihrer Besitzerin lag und sie bittend ansah.

Frau Dr. Meier, wenn auch erzkonservativ, war ja nicht ganz ahnungslos. Bei ihrem überdimensionalen IQ konnte man das voraussetzen, wobei allerdings ihr Wissen über Katzenliebe rein theoretisch war.

Der Gedanke, was sich damals im Frühling in ihrem blütenweißen Bett abgespielt haben mag, trieb ihr heute noch die Schamesröte ins Gesicht.

Aber sie hatte ein gutes Herz, das auch Felicitas zu spüren bekam. Leider wurde es nur zu oft von ihrem scharfen Verstand unterdrückt.

Beim Anblick der niedlichen Kätzchen wurde Frau Dr. Meier richtig warm ums Herz.

Sie nahm Felicitas in den Arm und versprach ihr, gut für die kleinen Fellknäuel zu sorgen.

Und sie hielt wirklich Wort.

Zwei Kater kamen in die guten Hände ihrer Freundinnen und das Kleinste, eine süße Katze, behielt sie als Gefährtin für Felicitas.

Allerdings, Freiheiten hatten die armen Katzen keine, zu groß war die Angst ihrer Besitzerin vor neuem Ungeziefer.

Turbo, der Strolch, hat sich danach einfach aus dem Staub gemacht.

Turbo und Amy

Das Erlebnis mit Felicitas tat unserem Turbo natürlich gut. Endlich war er ein Held.

Ein Eindruck, den er von sich selbst gewonnen hatte, als er aus dem Rosenbusch gekrabbelt war.

Diese Katze, in ihrer gepflegten Eleganz und gleichzeitig raubtierhafter Wildheit, hatte ihn schwer beeindruckt. Sie war exklusiv. Nun konnte er mit diesem, durchaus riskanten Abenteuer bei den anderen Straßenkatzen punkten.

Turbo nahm eine Nase Frühlingsluft. Sein Gehirn filterte die süßen Blumendüfte heraus und legte sie in der Rubrik »uninteressant« im Unterbewusstsein ab. Übrig blieb ein Geruch, der ihn direkt zu seinem nächsten Rendezvous führte.

Er machte sich auf die Jagd und fand einen Platz auf einer verwitterten efeuüberwachsenen Mauer. Ein paradiesischer Ort zum Sonnenbaden. Und vor allem die Aussicht auf einen Wirtschaftshof, den Turbo seit einigen Tagen umkreiste, war perfekt für sein Vorhaben. Obwohl ihn die Hühner, die im Freien den Auslauf genossen, wenig interessierten. Nicht einmal deren Küken, die er eigentlich zum Fressen gern hatte. Die Katze, die den Hof von Mäusen befreien sollte, hatte sein Interesse geweckt.

Groß, stark und mit einem fast roten Fell, war sie der Traum aller Kater, die sich dann auch oft in ihrer Nähe herumtrieben. Und die waren nicht zimperlich.

Nun war Turbo ein zwar sehr schönes, aber nicht gerade stattliches Tier. Und sein Bedürfnis, mit den Raufbolden auf der Straße Streit anzufangen, hielt sich verständlicherweise in Grenzen. Allerdings pfiffig, wie er war, legte er sich auf einen Platz, den Amy, der Name der Katze, ebenfalls zum Sonnen bevorzugte.

Die Konkurrenz schlief noch.

Amy hatte ihre Mäusejagd bereits hinter sich und etliche Nager zur Strecke gebracht. Nun gönnte sie sich eine Ruhepause in der Frühlingssonne.

Genüsslich dehnte und streckte sie sich, bevor sie ihren Stammplatz einnahm.

Turbo duckte ab, ganz tief in den Efeu hinein und beobachtete sein „Objekt der Begierde". Zunächst robbte er vorsichtig auf der Mauer in Richtung Amy, bis er in ihre, natürlich ebenfalls giftgrünen, Augen sehen konnte.

Na, ja, er sah eigentlich nur einen Kopf, die Augen hatte sie geschlossen. Er wusste, wie sie

aussahen. Oft genug hatte er schon hineingesehen, so im Vorbeigehen. Wobei sie ihn regelmäßig ignorierte. Doch heute wollte er es wagen, die Schöne musste erobert werden.

Turbo hatte sich inzwischen so weit zu Amy geschoben, dass er ihre leicht zitternden Barthaare berühren konnte. Da öffnete die Katze ein Auge. Sah nur schwarz und grün. Erschrocken wollte sie von der Mauer springen, doch des Katers leises Schnurren beruhigte sie wieder. Amy schloss die Augen und träumte weiter.

„Gar nicht so einfach", dachte er. Er suchte immer noch eine clevere Möglichkeit mit Amy Kontakt aufzunehmen.

Unterdessen näherte sich ein Rivale. Ebenfalls auf der Suche nach einem Abenteuer.

Groß, schwarz und grau gestreift. Ein etwas ungehobelter Klotz, denn ohne Vorwarnung sprang er auf die Mauer und auf die verdutzte Amy. Turbo wurde von ihm links liegengelassen.

So geht`s auch, dachte Turbo. Er wurde gnatzig. Jegliche Angst vergessend versetzte er dem Rüpel einfach eine Ohrfeige mit ausgestreckten Krallen. Dann balgten sich die beiden wütend, ohne auf Amy zu achten.

Diese nahm inzwischen wieder ihren Sonnenplatz ein und beobachtete interessiert die beiden Kämpfer.

Turbo, zwar klein, aber blitzschnell, teilte nur aus. Kaum einen Schlag musste er einstecken, der andere war einfach zu träge. Das bemerkte auch Amy und nun musterte sie ihn eingehend. Das Ergebnis war mehr als positiv.

Der fremde Kater sah sich trotz allem als Sieger, Turbos Ausweichmanöver sah er nämlich als Schwäche an. Zielstrebig ging er nun wieder auf die Katze los und erntete für seine plumpe Annäherung noch eine Ohrfeige, diesmal die von Amy.

Turbo zwinkerte ihr nur kurz zu. Sie begriff sofort seine Absicht und beide verschwanden hinter der Mauer. Turbo genoss seine Eroberung und Amy bekam jede Menge Schmetterlinge im Bauch.

Die schöne Katze hatte sich so verliebt, dass sie, was sie sonst nie tat, Turbo mit nach Hause nahm. Sogar ihr Frühstück teilte sie mit ihm.

Sie musste sich nicht nur von Mäusen ernähren. Sie bekam regelmäßig ihr Futter und als Spaß stibitzte sie manchmal noch das Beste aus dem Fressnapf von Hofhund Hasso.

Wieder eine neue Herausforderung für Turbo, denn er hatte noch keine Erfahrung mit „scharfen" Wachhunden. Als Hasso Amy und Turbo kommen sah, stürzte er wie ein Berserker aus seiner Hütte und setzte sich knurrend vor seinen Futternapf.

„Haut ab!", bellte er wütend, eine fremde Katze in seinem Revier, war das Letzte, was er vertragen konnte. Aus Neid auf deren Freiheit, die ihm nicht vergönnt war.

Hasso war ein Rüde in den besten Jahren. Natürlich sehnte er sich nach einer Gefährtin. So eine kleine Mischlingsdame hätte er liebend gerne in seine geräumige Hütte genommen und mit ihr sein Futter geteilt. Aber nichts dergleichen wurde ihm gestattet. Nur einmal, na ja, eigentlich musste er es damals gezwungenermaßen tun ...

Beschämt hatte er die Augen niedergeschlagen, als er an einem tristen Novembertag Amy davon erzählte. Mit der Hündin vom Nachbarhof, natürlich ebenfalls reinrassig, sollte er für Welpen sorgen.

Hasso gab sein Bestes und betrachtete die spätere Mutter seiner Kinder auch als Freundin. Seinen eigenen Nachwuchs durfte er trotzdem nur von weitem sehen. Und von wegen Freundin, sie beachtete ihn nicht einmal beim Vorbeigehen. Immer schaute sie weg. So wie auch an diesem Morgen. Mutter und Kinder, hübsch an der Leine von Frauchen.

Wenn ihm dann in seiner Verzweiflung und Trauer über dieses Hundeleben, die Tränen aus den braunen Augen kullerten, war es Amy, die ihn tröstete. Und als Dank für den Trost bekam Amy von ihm zärtliche Zuwendung. Was das Vorurteil zum Umgang zwischen Hund und Katze deutlich widerlegte.

Dass Hasso sich so rasend gebärdete, lag natürlich an der Eifersucht auf den Kater und verbunden damit, aus Angst, seine Freundin zu verlieren. Verärgert zerrte er an der Kette und versetzte damit seine Hütte fast einen Meter in Rich-

tung Turbo. Jedoch Amy hatte ihren Freund fest im Griff. Sie schnurrte den Hund nur an und der legte sich wieder lammfromm vor seine Haustür.

„Ich habe einen Freund mitgebracht, er ist auch Deiner", mag Amy wohl gesagt haben. Es bestand also keine Gefahr für den Kater.

Der putzte sich inzwischen seelenruhig und um seinen Mut zu beweisen, leckte er Hassos Fell gleich mit. So wie er es bei Amy gesehen hatte.

Das war dem Hund noch nicht passiert!

Von einem fremden Kater liebkost zu werden, ausgeschlossen …! Alle Hundehaare standen ihm vor Entsetzen zu Berge.

Turbo ließ sich nicht aus der Ruhe bringen und machte weiter. Den Hund wollte er ebenfalls zum Freund. Es schien zu funktionieren. Das Knurren wurde leiser und dann schwieg er.

Viele schöne Stunden verbrachten die Drei in diesem Sommer.

Die Lebensfreude, die die beiden Katzen bei jedem Streich und Blödsinn verbreiteten, ließ Hasso sein unwürdiges Dasein vergessen.

Gefühls-"Turbo"lenzen

Wochen später passierte etwas, womit Turbo absolut nicht gerechnet hatte. Was er konnte, hatte er getan, um ein Leben wie ein Pascha führen zu können. Vor allem hatte er sein Revier nach Katerart mit einer ordentlichen Duftmarke abgesteckt. In der Hoffnung, dass ihm dort dann alle Katzen gehören, sobald sie dieses Territorium betreten. Schade nur, dass keine kam.

Der Frühling stand in vollem Saft und der Duft der blühenden Obstbäume betäubte die Sinne. Turbo fühlte gar nichts mehr, er mutierte zum vergnatzten Single.

Zunächst hatte er keine Katze mehr ausgelassen. Doch hatte sich sein Ruf als Don Juan so langsam im ganzen Ort herumgesprochen. Der eitle Kater hatte sich wirklich eingebildet, zahlreiche Liebesabenteuer würden ihn für alle Zeiten unwiderstehlich machen. Ein folgenschwerer Irrtum. Das Gegenteil war der Fall, er musste wieder alleine durch die Gegend ziehen. Alle Katzen verschwanden beim Anblick des Katers schleunigst aus dessen Aktionsradius.

Vor lauter Sehnsucht und aus Angst, dieser Frühling könnte für ihn einsam werden, besann er

sich dann doch wieder auf seinen angeborenen Charme.

Anfangs schlich er noch planlos durchs Gelände, bis er in die Nähe eines Schrottplatzes kam. Fürchterlicher Krach erschreckte ihn, aber nur kurz. Er bevorzugte schon seit einigen Tagen dieses Gebiet, da hier ganz besondere Katzen verkehrten. Verwildert seit Generationen und mit allen Wassern gewaschen. Sie mussten mühsam erobert werden, was wiederum dann auch die Lust steigerte.

Den Geräuschen nach zu urteilen, schien er hier nicht alleine zu sein. Wirklich, auf einem der verrotteten Autowracks saß eine Katze, schneeweiß, mit wunderschönen blauen Augen. Eine Seltenheit.

In der Nähe prügelten sich ein paar Kater auf einem Eisenblech. Es schepperte mörderisch. Wahrscheinlich beabsichtigten sie, die Schöne damit zu beeindrucken. Etwas verwirrt grüßte Turbo mit einem schmachtenden Schnurren die Katze, die er insgeheim »Schneewittchen« nannte.

Sein Benehmen war tadellos. Sie wiederum schaute ihn nur neugierig an.

Es war offensichtlich, diese Nacht hatte sie noch viel vor und sie war wählerisch.

Das Umfeld, in das er hier geraten war, hatte etwas Obszönes. Kein gepflegter langweiliger Garten, hier lockte das pure Abenteuer. Dieses näherte sich gerade in Form angriffslustiger Kater. Ebenfalls auf Brautschau. Sie gebärdeten sich ziemlich aggressiv, als sie Turbo bemerkten.

»Schneewittchen« putzte ihr Fell und wartete auf eine ungezügelte Rauferei. Doch Turbo hatte eine bessere Idee. Sich mit den zwei alten Haudegen zu prügeln, war sowieso nicht sein Ding. Schon weil er befürchten musste, bei der Keilerei den Kürzeren zu ziehen. Und außerdem wollte er nicht auch noch als hirnloser Raufbold abgestempelt werden.

Turbo benutzte sein probates Mittel und setzte heimlich eine Duftmarke zwischen Schneewittchen und die Vagabunden.

So, dachte er, das muss reichen. Dann lief er ganz langsam in Richtung Heimatgarten.

Die Katze schaute ihm nach, nicht ohne seine Leidenschaft zu bemerken.

Die alten Kater hielten Turbo für feige und versuchten die Schöne im Sturm zu erobern. Allerdings, Turbo hatte seine Überlegenheit auf eigene Art demonstriert und so trollten sie sich mit missmutigem Fauchen.

Die Katzendame bewunderte die Coolness von Turbo. Trotzdem miaute sie ihm hinterher: »Mein Freund, ich kenne dich, so leicht wirst du es mit mir nicht haben!«

Sie kannte seinen, zurzeit wenig schmeichelhaften Ruf. Jeden Kater nahm sie nicht, das ließ ihr Stolz nicht zu. Aber Turbo interessierte sie dennoch. Wie sollte sie sich am klügsten verhalten? Sie wollte keinen Aufreißer, keinen Don Juan, sie wollte einen verlässlichen Gefährten. Wenigstens für den kommenden Sommer.

Die anderen Kater waren ihr allerdings zu primitiv, die wollte sie auch nicht. Also drehte Schneewittchen den Spieß herum. Sie ignorierte Turbo einfach. Doch heimlich beobachtete sie ihn und ließ ihn nicht aus den Augen.

Turbo merkte davon nichts. Der zeigte nämlich schon wieder seine alte Überheblichkeit.

Dass die schöne weiße Katze umgehend bei ihm aufkreuzen würde, stand für ihn außer Frage.

Zu Hause angekommen legte er sich erst mal auf die Couch, um Kraft zu tanken. Das Sofa stand in einer unbewohnten Gartenlaube, in der er sich einquartiert hatte. Es gab eine herrliche Spielwiese für Liebesabenteuer ab. Sein Quartier musste er lange gegen andere Mitbewerber verteidigen. Aber nun war alles perfekt und er hoffte, dass er mit dieser Traumwohnung bei den Katzen punkten konnte.

Die Zeit verging. Es war für ihn unbegreiflich, auch an diesem Abend kam niemand. In seiner Verzweiflung bemerkte er den hellen Schatten nicht, der in einiger Entfernung durch die Büsche schlich. Er hatte sich enttäuscht auf dem Sofa zusammengerollt und träumte von vielen, vielen wunderschönen Samtpfötchen.

Gegen Mitternacht wachte er auf.

Mit Tränen in den Augen horchte er auf die Geräusche vom Schrottplatz. Laute, die vom wilden Leben da draußen kamen. Das hielt er nicht mehr aus.

Selbst auf die Gefahr, dass seine Wohnung bei der Rückkehr besetzt sein sollte, er lief, um seine Angebetete zu suchen.

Sie saß indessen im Mondlicht in einem Baum und beobachtete den Kater. Als sie erkannte, wie elend und traurig er herumschlich, ließ sie sich erweichen und miaute.

Turbo erkannte sofort ihre Stimme und raste wie der Blitz auf den Ast zu seiner Schönen. Das Sofa brauchten sie diese Nacht nicht. Eng umschlungen schliefen sie gegen Morgen ein und wären beinahe heruntergefallen gefallen, so müde und erschöpft waren sie.

Später richteten sie sich beide in der Laube ein und verbrachten einen wunderschönen Sommer.

Und Turbo war wirklich treu bis zum Herbst.

Obdachlos

Der Sommer ging vorüber und damit auch eine unbeschwerte Zeit für Turbo. Schon wurde das Wetter herbstlich, stürmisch und nass. Jede Katze oder jeder Kater war auf der Suche nach einem warmen Platz zum Überwintern. Die Glücklosen kamen ins Tierheim und die Glücklichen bekamen einen Platz auf einem Bauernhof, so wie Amy. Turbo schlich indessen wieder einsam durch sein Revier.

Amy hatte Sicherheit und Freiheit. Hätte Turbo auch haben können, wenn er etwas klüger gewesen wäre.

Mit Hasso hatte sie sich erfolgreich arrangiert. Zusammen verbrachten sie den Winter in seiner Hütte. Zu zweit war es nicht so langweilig. Schon wegen der Krauleinheiten, die sie sich gegenseitig verpassten, war die Idee genial. Was interessierten die beiden die Vorurteile von Hund und Katze?

Turbo, wie immer, ruhelos unterwegs auf Suche nach etwas Fürsorglichkeit und Katzenliebe, begab sich auf den Weg in die Stadt. Seinen Platz in der Laube hatte er verteidigt, aber auch dort war er nur alleine.

In den engen Geschäftsstraßen herrschte ein furchtbares Gewühl und er versuchte immer wieder, den bestiefelten Füßen der Passanten ausweichend, aus dem Trubel zu kommen. Dann fing es an zu regnen und die Menschen verschwanden mit einem Mal in ihren warmen Häusern.

Turbo fühlte sich nun noch einsamer. Er folgte deshalb einem alten, ebenfalls einsamen Mann. Der lief, einen schmutzigen Beutel in der einen Hand und eine Schnapsflasche in der anderen, leise vor sich hin sprechend, zu einer Brücke. Turbo kannte den Ort, er war nicht gerade der Beste und Katzen, die etwas auf sich hielten, mieden diese Gegend.

Der Alte hatte eine zerschlissene Matratze neben den Brückenpfeiler gelegt. Ein paar Kartons dienten ihm als Möbel. Auf der Matratze lag ein Schlafsack, der wahrscheinlich noch nie gewaschen worden war.

Er stellte seine, noch halb volle Flasche auf einen Karton und ließ sich auf die Matratze fallen.

Turbo hatte Hunger.

Nun sind Katzen ja sehr saubere Tiere und mögen keinen Schmutz. Vor allem, vor dem muf-

figen Geruch, der von dem Matratzenlager ausging, ekelte es Turbo. An Fressen war hier nicht zu denken, aber der Inhalt der Flasche interessierte ihn.

Er sprang auf den Karton und die Flasche verlor das Gleichgewicht. Sie kippte Turbo direkt auf den Kopf. Turbo schmeckte die scharfe Flüssigkeit und es lief ihm warm von der Kehle bis in den Magen. Der Schnaps sah aus wie klares Wasser. Und so sauber, dass Turbo gleich noch einmal kostete.

„Hm, gar nicht so schlecht", dachte er, denn es wurde ihm immer wohler im Bauch. Die Welt wurde etwas unschärfer in seiner Wahrnehmung und er empfand nicht mehr gar so stark sein Dilemma.

Er nahm einen letzten Schluck, winkte einer kleinen Fledermaus, die über seinem Kopf schwebte, und lief wieder in Richtung Stadt.

Ein paar einsame Katzen suchten ebenfalls ihre Schlafplätze auf und hinter ihnen schlichen sich die streunenden Kater aus der Gegend an, in der Hoffnung, mit den Katzen noch ein Abenteuer zu erleben.

Sie alle kamen Turbo entgegen.

Turbo hatte heute keine Angst vor den Rabauken. Im Gegenteil, er fühlte sich so stark, dass er mit abschätzendem Blick die Katzen taxierte und die Kater einfach außer Acht ließ.

Er hielt sich auch nicht lange mit Liebeswerben auf, sondern sprang kurzerhand auf den Rücken der größten Katze. Aber warum, das war Turbo völlig entfallen. Die Katze selbst war von des kleinen Katers stürmischer Eroberung eigentlich ganz angetan. Sie wartete darauf, dass er ein Liebesfeuerwerk entfachen würde, und reckte ihr Hinterteil unternehmungslustig nach oben. Aber es geschah nichts.

Dann hörte sie ein leises Schnarchen. Turbo war einfach eingeschlafen.

Die anderen Kater, die Turbo eine gehörige Tracht Prügel verabreichen wollten, konnten sich vor Lachen kaum noch halten.

Nur die Katze, die unser Katerchen von hinten fest umschlungen hielt, hatte Mitleid mit ihm. Vorsichtig lief sie mit ihm auf dem Rücken zu seiner Laube und beide blieben bis in den späten Morgen zusammen.

Der nun wieder nüchtern gewordene Kater erwachte mit Kopfschmerzen. Sah die hübsche

Katze neben sich liegen und bekam ein furchtbar schlechtes Gewissen. Auf leisen Katzensohlen schlich er sich aus der Laube.

In der Nacht war Schnee gefallen. Mäusespuren zeigten ihm den Weg zum Frühstück und er fing ohne Mühe ein halbes Dutzend davon. Seine Freundin räkelte sich auf der bequemen Couch und schnupperte.

„Frühstück ans Bett", dachte sie, „hätte ich dieser betrunkenen Schlafmütze niemals zugetraut."

Sie frühstückten, liebten sich, und wieder fit, bewies Turbo seiner neuen Flamme, dass er ein überaus energiegeladener Kater war.

Beide verbrachten den Winter zusammen als treue Freunde und im Frühjahr tummelten sich denn auch sechs kleine Miezen zwischen den Frühlingsblumen. Als sie „flügge" wurden, gingen Turbo und seine Freundin aber wieder die eigenen Wege. Die der Straßenkatzen.

Seinen Nachwuchs hat Turbo zwar ignoriert, aber an diese Zeit und den alkoholisierten Abend hat er noch oft gedacht. Vor allem, wenn ihn die Winterkälte zwickte. Aber Alkohol hat Turbo nie wieder angerührt.

Freiheit und Einsamkeit

Die Zeit verging so schnell wie in den Jahren vorher und wieder war es Winter geworden.

Auf dem tief verschneiten Land kostete es den Vögeln viel Mühe, etwas Futter zu finden. Jedes Korn, jeder Wurm musste unter der Schneedecke erahnt und dann mühselig ausgegraben werden.

In den Städten glitzerten Tausende Lichter, auf dem Land nur der Schnee im Mondlicht. Es war die stille Zeit zwischen Weihnachten und Jahreswende.

Für alle Tiere begann ein schwieriges Leben. Nicht für die Katzen, die wie Felicitas im warmen Zimmer süße Milch schleckten, nein, die auf der Straße lebten, hungerten. Jetzt, bei dieser Kälte, machte die Freiheit, die sie im Sommer genossen, weder satt noch warm. Vor einer Woche, auf dem Weihnachtsmarkt, gab es reichlich zu fressen. Niemand brauchte zu darben. Zwischen den Buden lagen Leckereien ohne Ende.

Dann aber, eines Abends läuteten die Glocken und die Buden auf dem Markt wurden fest verschlossen.

Die Menschen hatten keine Lust mehr, auf der Straße zu essen und zu trinken. Dafür deckte man die Tische in den Häusern reichlich.

Und wegen der kalten Nächte blieben natürlich die Fenster und Türen zu. Keine Chance für Turbo, sich in eines dieser kuschelig warmen Gebäude einzuschleichen.

Es war ja nicht der erste Winter, den Turbo bei den Straßenkatzen verbrachte. Doch nie war er so allein gewesen wie jetzt. Seine Gefährtin des letzten Sommers hatte sich verdrückt und auch die Kinder waren längst in alle Himmelsrichtungen verstreut.

Der alte Mann, der damals unter der Brücke hauste, hatte einen Platz im Obdachlosenheim gefunden.

Bei den Straßenkatzen dachte keine daran, was das nächste Jahr bringen würde. Es zählten nur die Stunden, die sie trotz Kälte und Hunger lebend überstanden.

Turbo erahnte die Behaglichkeit und Geborgenheit, die er in einem der Häuser bekommen könnte. Wenn er denn seine Freiheit aufgeben

würde. Aber Turbo wollte beides, Sicherheit und trotzdem alles tun und lassen können, was er wollte.

In seinem Kopf spielten die Gedanken verrückt. Er fühlte einerseits die Sehnsucht der verwöhnten Kätzchen nach wahrer Katzenliebe, aber auch nach wilden Nächten. Es war ja nicht so, dass die anderen Katzen die Freiheit nicht schätzten, die Turbo so wichtig war. Andererseits, Turbo, der eben diese Freiheit besaß, hätte momentan lieber einen warmen Platz in einem dieser Häuser gehabt. Er überlegte hin und her und kam zu dem Schluss, einfach durchzuhalten. Seine Unabhängigkeit aufzugeben, kam für ihn nicht infrage.

Nachdem er lange in der Dämmerung umhergelaufen war, auf leeren Straßen, auf denen nur ab und an ein Auto vorüberkam, beschloss er, doch wieder den Platz unter der Brücke aufzusuchen.

Er fand die Matratze und ein paar, vom Schnee aufgeweichte Kartons. Turbo kroch, mit knurrendem Magen in einen hinein und rollte sich zusammen.

Dann kam der Schlaf und mit ihm die Träume. Alpträume. Von Wärme und Glück, aber nur für die anderen. Und ständig war er auf der Flucht.

Auf der einen Seite lockten ihn weiße, langhaarige Katzen, die ihn in einen goldenen Käfig sperren wollten und Tierfänger auf der anderen, die mit Knüppeln drohten. Er war froh, als er aus seinem Alptraum aufwachte.

Noch war es Nacht. Zitternd kroch er aus seinem Karton. Der Mond schien riesengroß und Millionen von Sternen glitzerten im schwarzblauen Nachthimmel. Turbo miaute kläglich und jammerte, denn die eisige Luft biss ihn in alle Glieder.

Wehmütig dachte er an die Zeiten der Sommernächte. Seine Unersättlichkeit und Überheblichkeit war wieder schuld an dem Dilemma. »Schei ...! Ich Blödmann ...« Die Erkenntnis kam zu spät. Jede Katze hätte er haben können. Konnte er nicht wenigstens einer treu sein? Blieben die anderen Straßenkatzen zum Überwintern nicht auch zusammen? Zumindest hätte man eine Seite am Anderen wärmen können. Turbo, der einsame Junggeselle war übriggeblieben.

Die Natur hat aber auch mit ihren etwas einfältigeren Geschöpfen ein Einsehen. Als der Kater sein Selbstmitleid lange genug herausgeheult hatte, ging die Sonne auf. Und mit ihr kam der Revierförster, der, mit seinem Terrier an der Leine, seinen Morgenspaziergang machte. Der Hund hatte natürlich sofort unseren armen Turbo entdeckt und kläffte, was das Zeug hielt.

Der Förster nahm das fast erfrorene Tier auf den Arm und trug es ins Försterhaus. Dahin, wo Turbo, was sonst, nicht nur ein ordentliches Frühstück und ein warmer Platz am Kamin erwartete, sondern Susi. Die Försterkatze.

Er hörte, wie die Kinder sie riefen. Susi hatte ein hellgraues Fell, das herrlich dick und kuschelig war. Und sie funkelte den schwarzen Herumtreiber neugierig mit ihren schrägen Katzenaugen an. Es machte ihr nichts aus, dass sich Turbo auf ihrem Kissen räkelte.

Der lag apathisch vor dem Feuer. Es war ihm völlig schnuppe, was nun kommen würde.

Susi, die schon einige Findlinge hatte kommen und gehen sehen, war da ganz anderer Meinung. Turbo war genau ihr Typ, aber nur als „vollstän-

diger" Kater. Und sie wusste, was im schlimmsten Fall mit ihm passieren würde.

So kam es auch. Denn als die Feiertage zu Ende gingen, setzte sich die Försterfamilie bei Kaffee und restlichem Weihnachtsstollen zusammen und dann diskutierten sie heiß über das Schicksal von dem Straßenkater, der sich im Försterhaus täglich wohler fühlte.

Der Förster bestimmte, dass er tags darauf dem Tierarzt vorgestellt und dabei gleich kastriert werden sollte. Es gab schon Katzen genug in der Umgebung und für Nachwuchs war kein Platz mehr im Försterhaus. Zum Glück konnte Turbo nicht verstehen, was die Leute hier besprachen.

Als er am nächsten Morgen geweckt wurde, reichte die Zeit kaum fürs Frühstück. Es musste schnell gehen. Ziemlich roh wurde er dabei in den vergitterten Kasten gestoßen.

Der Tierarzt untersuchte ihn ganz sanft und verordnete ihm eine Wurmkur. Er bewunderte das schöne Tier. Als der Förster dann fragte, ob er gleich kastriert werden könnte, zögerte der Arzt mit der Antwort.

„Weißt du", sagte er, „der Kater ist reinrassig und gesund. Sicher ist er seinem Besitzer davongelaufen. Wir werden ihn aber kaum ausfindig machen können, hier laufen einfach zu viele streunende Tiere herum."

Turbo konnte nicht ahnen, wie haarscharf er gerade einem traurigen Schicksal entgangen war. Der Arzt und der Förster beschlossen nämlich, dass er zu einem Züchter kommen sollte, der diese Rasse hielt.

Tags darauf bekam Turbo wirklich ein neues Zuhause. Er roch sofort, was dort los war, Katzen, Katzen und nichts als Katzen. Er bekam als Entschädigung für seine Gefangenschaft einen Harem, in dem er jeden Tag seine Männlichkeit beweisen konnte. Und so fand auch der dämlichste Kater erst mal wieder einen Platz im Leben, der gar nicht so schlecht war. Trotzdem schaute er oft sehnsüchtig aus seinem Gefängnis. Denn das blieb es mit oder ohne Harem.

Der Winter zog sich langsam zurück und Turbo fühlte, wie das Leben da draußen wieder höchst interessant wurde. Und wenn er dann sehnsüchtig durchs Gitter schaute, immer dann

legte eine seiner Damen ihre weichen Pfoten um seinen Hals.

Eines Tages gelang ihm dennoch die Flucht. Er schoss wie ein Pfeil aus dem Käfig und lief in den Wald, direkt zum Försterhaus.

Susi wartete bereits auf ihn. Ihre wunderbaren Katzenaugen leuchteten. Aus Freude, dass er unversehrt zurückgekehrt war und sie nicht vergessen hatte.

Fräulein Mabel

Die Sonne kletterte höher und höher, die Blumen reckten ihre Köpfe aus der nasskalten Erde, und die Bäume wurden jeden Tag grüner.

Das alles verscheuchte wie in jedem Jahr im Frühling sämtliche vernünftigen Gedanken aus Turbos Kopf. Sorglos lief er durch die Stadt, raufte, auch wie alle Jahre vorher, mit den anderen Katern und sein Selbstbewusstsein steigerte sich zur unseligen Selbstüberschätzung.

„Ich, Turbo, wer ist mehr …!".

Damit vergraulte er allerdings alle Katzen, die er eigentlich liebte. Vor allem die Schönen, die es nicht nötig hatten, so einen Macho zu akzeptieren.

Dafür waren ihm die Tierfänger auf den Fersen. Sein Nachwuchs wurde zur Plage. Auch wenn Turbo der Meinung war, dass er die Anzahl seiner Kinder noch steigern könnte, wenn sich die Miezen nicht so zickig hätten.

Es war nur eine Frage der Zeit gewesen, dass man ihn einfing und ihn in einen Käfig des städtischen Tierheims steckte. Umgehend wurde er als nächster Kandidat zum Kastrieren beim Tierarzt angemeldet.

Diese Aktion zog sich dank fehlender Mittel und Bürokratie hin. Man hoffte, dass sich zwischenzeitlich ein neuer Besitzer einfinden und das Problem gleich selbst lösen würde.

Turbo döste den ganzen Tag in seinem Gefängnis vor sich hin. Träge vergingen die Stunden, es dauerte ewig, bis es Abend wurde und er in einen unruhigen Schlaf fiel.

Es gab viele Katzen in dem Heim und Turbo hätte auch jede Menge Zeit gehabt, sich mit ihnen zu beschäftigen. Logischerweise trennte man sie strikt von den Katern. Was ihn wiederum vor dem Tierarzt rettete, denn eines Tages, es war wieder Besuchszeit im Tierheim, stand ein älteres Fräulein vor seinem Käfig.

Die Katze, die sie sehr geliebt hatte und die viele Jahre ihre einzige Freundin gewesen war, hatte das Zeitliche gesegnet. Fräulein Mabel, so war der Name der trauernden Besitzerin, suchte nun eine verwandte Seele, die sie verwöhnen konnte. Dieses dankbare Schnurren ihrer Katze vermisste sie immer mehr. Die Wärme des verschmusten Fellknäuels und das Kitzeln der Bart-

haare, wenn das liebe Tier ihren Kopf an ihrer Wange gerieben hatte.

Sie lief mit dem Wärter von Käfig zu Käfig, bis sie plötzlich zwei giftgrüne Augen magisch anzogen. Es war Turbo. Der wollte eigentlich nur aus dem Gefängnis raus.

Er fixierte das Fräulein Mabel wie ein Magier und sie konnte sich einfach von den leuchtenden Augen nicht losreißen.

Der Wärter erklärte ihr, dass das ein schlimmer Bursche sei, ein Raufbold und Rumtreiber.

Fräulein Mabel ging weiter, von Käfig zu Käfig. Viele Katzen gefielen ihr, aber sie konnte sich nicht entscheiden. Diesen Abend verbrachte sie wieder alleine zu Hause. Und in der Nacht wälzte sie sich in ihrem Bett schlaflos hin und her. Ständig träumte sie von grünen Augen in einem rabenschwarzen Fell.

Als dann endlich der Tag angebrochen war, verzichtete Fräulein Mabel sogar auf ihr Frühstück. Trank nur einen Kaffee im Stehen und lief so schnell sie konnte ins Tierheim.

„Ich möchte den schwarzen Teufel", sagte sie entschlossen zu dem Wärter.

„Wie sie meinen", antwortete der, „aber er ist noch nicht kastriert. Sie müssten das selbst beim Tierarzt erledigen.«

Fräulein Mabel war das völlig egal, sie hatte sowieso nicht vor, ihrem Schmusekater etwas antun zu lassen.

Der Wärter packte ihn in eine Transportbox und Fräulein Mabel ging mit Turbo fröhlich nach Hause.

Er roch, kaum dort angekommen, dass da eine Katze gewohnt hatte. Es war ein angenehmer Geruch. Überhaupt gefiel ihm die Umgebung. Fräulein Mabel meinte es gut mit Turbo und ließ ihm seine Freiheiten. Sie kam gar nicht auf die Idee, dass der Kater den Wunsch nach dem Leben auf der Straße verspüren und wieder ausreißen würde.

Jeden Tag brachte sie ihrem Liebling etwas mit, Leckereien und Spielzeug. Turbo bedankte sich artig, indem er in ihrem Bett schlief und bei ihren Zärtlichkeiten laut schnurrte.

Der wahre Grund, dass er jeden Abend brav bei seiner neuen Wohltäterin aufkreuzte, war die

weiße Nachbarskatze. Seit Tagen lag er auf der Lauer und beobachtete sie vom Fenster aus. Ein wahrhaft triftiger Grund, nicht gleich wieder abzuhauen.

Oft dachte er an Susi, aber die Strecke war für ihn als stadtbekannten Streuner einfach zu gefährlich. Die verflixte Natur ließ ihn einfach nicht zur Ruhe kommen, er brauchte seine Liebesspiele, jeden Tag mit anderen Katzen!

Andererseits, Fräulein Mabel wollte er nicht enttäuschen und aus diesem Grund musste er sehr diskret vorgehen. Also, wenn er abends seine Krauleinheiten bekommen hatte und sie eingeschlafen war, schlich er aus dem offenen Fenster in den Garten.

Er genoss den frischen Frühlingswind, in dem ihn die Düfte von allen Miezen der Umgebung umschmeichelten. Turbo streifte durch den Garten und endlich, auf der großen Rasenfläche saß sie und putzte sich. Vom Mondlicht beschienen, schneeweiß und langhaarig, der Traum aller Kater.

Turbo war froh, dass er im Tierheim noch eine Flohkur erhalten hatte. Er wollte möglichst einen guten Eindruck hinterlassen.

Die Schöne war cool, Turbo versuchte mit allen Mitteln Kontakt zu ihr herzustellen, aber sie beachtete ihn überhaupt nicht. Sie putzte sich eben, das war alles. Dann ging sie weg.

Einfach so.

Turbo blieb traurig zurück. Deprimiert schlich er zurück ins Bett von Fräulein Mabel. Diesmal schnurrte er nicht, Turbo weinte. Fräulein Mabel spürte seine Traurigkeit und kraulte ihn ganz sanft.

„Ja, ja Turbo, ich kenne das", sagte sie ganz leise, „aber es gibt noch andere Katzen. Die sind besser. Lass dich aber bitte nicht erwischen", murmelte sie noch, dann schliefen beide ein.

Und Turbo träumte wieder von weißen Katzen. Sie tanzten im Kreis um ihn und er nahm sich jeden Abend eine andere. Glücklich darüber, dass das Fenster offenblieb, hoffte er, irgendwann wieder erfolgreich zu werden.

Eines Abends dann, draußen regnete es und stürmisch war es auch, schlich sich eine kleine freche Mieze, schwarz und verdreckt ins Zimmer. Sprang ins Bett, und legte sich zwischen Turbo und Fräulein Mabel.

Diesmal schnurrte der einsame Kater wieder vor Behagen und Fräulein Mabel kraulte auch die kleine Katze liebevoll. Im Halbschlaf merkte sie nur, da war wieder ein Wesen, das sie mit ihrer Güte verwöhnen konnte.

Und Fräulein Mabel stellte am nächsten Morgen zwei Futternäpfe und zwei Schüsseln mit Wasser auf.

Turbo hat Familie

So lebten sie nun zu dritt, das alte Fräulein und ihre beiden schwarzen Katzen.

Fräulein Mabel war etwas kurzsichtig und wusste manchmal nicht so recht, wen sie gerade vor sich hatte, Turbo oder Ronja.

Übrigens wäre der Ausdruck Frau Mabel korrekter, weil die Fräuleins doch aus der Mode gekommen sind. Doch Fräulein passt zu der alten Dame, weil sie mit den Katzen so eine kindliche Freude teilte. So nannte sie Turbos neue Freundin Ronja, in Erinnerung an die Zigeuner, die sie aus ihrer Kindheit kannte.

Sie kraulte Turbo und sprach mit Ronja oder umgekehrt, aber immer mit einer Zärtlichkeit, die nur einsame Menschen für andere Geschöpfe empfinden. Die beiden Katzen spürten das und blieben gern bei Fräulein Mabel, eben weil sie so herzensgut zu ihnen war.

Die drei Kameraden, man konnte sie auch so bezeichnen, spielten übermütig in der Wohnung Haschen, bis sich Fräulein Mabel völlig erschöpft in den Lehnstuhl fallenließ. Sie schloss die Augen und nach einer Weile war sie eingeschlafen.

Dann flitzten Turbo und Ronja aus dem Haus.

Die weiße Nachbarskatze war auch noch da, aber sie wurde ignoriert, wegen ihrer Hochnäsigkeit. Dafür erzählten Turbo und Ronja auf der Straße allen, wie gut sie es hatten. Ab und zu brachten sie den anderen etwas mit, da sie immer reichlich zu fressen bekamen.

Den Flöhen gingen sie aus dem Weg, indem sie ihren Freunden nicht zu nahe kamen und Turbo wurde etwas wählerischer bei der Wahl seiner Katzendamen. Das wollten sie Fräulein Mabel auf keinen Fall antun und vor allem kein Risiko eingehen, einem Tierarzt vorgestellt zu werden. Schon deshalb, weil Ronja Nachwuchs erwartete. Die beiden verhielten sich sehr geschickt und Fräulein Mabel freute sich über ihre pflegeleichten Lieblinge.

Kommt Zeit, kommt Rat, sagten sich die zukünftigen Eltern. Ronja verzog sich, als die Zeit gekommen war und sie werfen sollte, in einen Schuppen, wo sie drei ganz niedliche schwarze Minipanther zur Welt brachte. Zum Fressen kam sie nach Hause und lief danach immer ganz schnell wieder zu ihren Kindern.

Es dauerte nicht lange und die Drei stromerten genau wie ihre Eltern in der Gegend herum.

Als Turbo und Ronja eines Abends mit Fräulein Mabel im Bett schmusten, saßen plötzlich die drei Katzenkinder auf dem Bettvorleger und schauten ganz verwundert zu ihren Eltern.

Zum Glück sah Fräulein Mabel nicht hin und Turbo fauchte seine Kinder an, die maunzend wieder im Schuppen verschwanden. Ihre ständige Angst, dass die Katzenkinder ins Tierheim gebracht würden, schwebte stets über der kuschligen Familie. Sie wussten, dass für fünf Katzen die Wohnung zu klein gewesen wäre. Doch die schlaue Ronja wusste Rat.

Da alle fünf gleich schwarz waren, mussten sie sich nur so in der Wohnung verteilen, dass immer nur höchstens zwei auf einmal vor ihrer Besitzerin auftraten. Das klappte auch, Fräulein Mabel wunderte sich nur über den sagenhaften Appetit ihrer Lieblinge. Sie gingen den ganzen Tag nicht von den Futternäpfen weg. Dabei wurden die Näpfe immer schneller leer. Ging ja nicht anders, es konnten immer nur zwei auf einmal fressen. Fräulein Mabel überlegte und dachte sich die

Sache so: Die beiden sind ständig in Bewegung und außerdem brauchen sie Winterspeck.

Also füllte Fräulein Mabel einmal täglich die Futternäpfe zusätzlich. Eltern und Kinder waren wohlgenährt, als der Herbst die Blätter färbte.

Dann wurde das Wetter schlechter und die Situation kritisch. Drei von den Katzen mussten sich immer im Schuppen aufhalten. Zuletzt ging auch das nicht mehr.

Als es noch kälter wurde, beschloss Turbo, dass die Kater auf Wanderschaft gehen sollten. Ronja und ihre kleine Tochter wollten bei Fräulein Mabel bleiben, bis der Winter vorbei ist. Vater und Söhne zogen los in die Freiheit.

Turbo war froh, dem Stubendasein mal wieder für einige Zeit entgehen zu können und seine Söhne sollten wie er, abgehärtet und richtige Draufgänger werden.

Anfangs merkte die alte Dame nicht, dass Turbo fehlte. Mit der Zeit fiel ihr allerdings auf, dass ihr lebhafter Kater sehr still geworden war.

Sie befürchtete, dass ihr Liebling krank sein müsse. Die beiden Katzen waren einfach zu brav.

Ronjas Tochter war eine süße Katze geworden, aber im Wesen ganz anders als ihre Eltern. Und Fräulein Mabel vermisste die Wildheit ihrer Lieblinge.

Sie überlegte schon, ob sie die Katzen einem Arzt vorstellen sollte. Indes, sie verschob dies immer wieder, weil die Tiere mit ungebremsten Appetit ihre Futternäpfe leer fraßen und eigentlich keinen kranken Eindruck machten.

Doch Ronja wurde die Rolle als Turbo doch zu gefährlich. Sie beschloss, schleunigst zu handeln. Turbo musste wieder her. Ihr Töchterchen sollte zunächst in den Schuppen ziehen. Mäuse zu fangen, hatte ihr Ronja beigebracht.

Also zog sie los, um ihren Turbo und ihre Söhne zu suchen. Schwer war es nicht, die Streuner zu finden. Die drei Kater hatten so viel Blödsinn angestellt, dass jede Katze Auskunft geben konnte, wo die Truppe zu finden war.

Ronja wusch ihm erst mal richtig den Kopf und jagte ihre Kinder zum Teufel. Sie sollten

gefälligst selbstständig werden und den Ernst des Lebens begreifen.

Turbo ging brav mit ihr nach Hause und Ronjas Tochter fand bald einen netten Kater. Auch sie lebte seitdem ihr eigenes Leben bei den Straßenkatzen.

Turbo richtete sich wieder gemütlich bei Fräulein Mabel ein und diese freute sich, dass der Kater wieder kerngesund war.

Jeden Tag konnte sie feststellen, dass die beiden wieder die alten „Zigeuner" waren.

Turbo und die Löwen

Das Leben bei Fräulein Mabel wurde immer angenehmer für die Katzen. Sie hatten alles, Liebe, Freiheit und jede Menge gute Freunde. Sie gingen weiterhin auf Abenteuer aus und trafen sich regelmäßig im Stadtpark mit den anderen Straßenkatzen.

So wie an diesem Tag. Am besagten Treffpunkt hörten sie, wie ein ihnen noch fremder Kater prahlte, dass er von Löwen abstammen würde. Er hielt sich somit furchtlos und stark, wie der König der Tiere angeblich sein sollte.

Nun hatten die anderen Katzen zwar schon mal von den Löwen gehört, gesehen hatte von ihnen allerdings keiner ein größeres Raubtier als eine Katze. Allenfalls mal einen Luchs, aber das war schon etwas Exotisches.

Turbo fragte ihn, wo denn seine Verwandten, die Löwen wären.

„Ach, die sind weit weg, in Afrika", prahlte er weiter. „Aber irgendwann gehe ich dahin zurück, hier ist es mir zu langweilig", versicherte er, denn er wusste, dass das keine von den Katzen nachprüfen konnte.

Dieser fremde Kater, er wurde inzwischen von den anderen Tieren Prahlhans oder Schaumschläger genannt, hatte eine kurze Zeit bei einer Familie gelebt. Dort, in der Wohnung, stand ein Fernseher und er konnte die bunten Bilder, die sich mit viel Lärm bewegten, verfolgen. Irgendwie war es ihm gelungen, so einen Film zu sehen, in dem das Leben in der afrikanischen Savanne gezeigt wurde. Mit Löwen. Man sprach dort von Großkatzen. Der Kater spann sich danach eine Geschichte zusammen, mit der er bei jedem Treffen der Straßenkatzen auftrumpfte.

So auch an diesem Tag.

Ein herrlicher Sommertag, an dem sich alle Katzen am liebsten sonnten und faulenzten. Aber Prahlhans ließ wieder mal seine Story von den Löwen hören und der Rest der ganzen Katzenbande gähnte dazu.

Im Baum saß eine große dunkelgraue Krähe.

„Krah, ich weiß, wo Löwen sind, hier in der Stadt", krächzte sie. „Da ist auch eine wunderschöne junge Löwin dabei, wäre das nichts für dich, Prahlhans?"

Auch Turbo hörte das, er hatte keine Ahnung wie ein Löwe aussieht. Aber er dachte sich, eine Katze muss es wohl sein.

„Wenn Prahlhans sie nicht nimmt, ich hätte Interesse", rief er ganz laut. Im Kopf hatte er wie immer nur den gleichen Gedanken, neue Liebesabenteuer.

Die anderen Katzen schauten Turbo an.

„Meinst du das ernst?", fragten sie.

„Ja, natürlich, warum nicht?"

Ronja dachte sich ihren Teil, sie hatte ebenfalls von den Löwen gehört und wusste, in der Stadt gab es welche. Oh, mein Gott, ist der Kerl wahnsinnig, dachte sie bei sich.

„He, Krähe, kannst du mich hinführen?", fragte Turbo.

„Krah, jetzt gleich?"

Natürlich, Turbo ließ nichts anbrennen und die anderen, die neugierig waren, gingen mit.

Prahlhans verdrückte sich seitwärts in die Büsche. Den Grund wusste nur er.

»Schwein gehabt«, sagte er zu sich selbst.

Die Katzen liefen erwartungsvoll zum Zoo, der mitten in der Stadt lag. Die Löwen hatten dort ein Freigehege und drei der Riesenkatzen lagen

träge in der Sonne. Um das Gehege herum war ein Wassergraben.

Turbo sah auf die Löwen, die anderen Katzen auch.

„Na, da liegt deine Schöne", raunzte ein befreundeter Kater spöttisch und grinste dabei über sein freches Katzengesicht, „groß genug ist sie ja."

Turbo wurde heiß, aber nicht vor Erregung, nein, seine Haare sträubten sich vor Angst.

Die Löwen wurden unruhig. Sie witterten die fremden Raubtiere, auch wenn sie klein waren. Auch die Krähe machte so ihre Bemerkungen. Sie hatte sich auf einen Baum gesetzt, der nahe am Löwengehege stand. Der beste Platz zum Zuschauen.

Hämisch rief ein anderer Kater Turbo zu: „Na nun mach schon, sie schaut ganz sehnsüchtig zu dir!"

Eine Löwin war nämlich aufgestanden und stand in voller Größe am Rand des Geheges.

Für Turbo wurde es eng. Er wollte sich ja auch nicht blamieren, schon Ronjas wegen, und so suchte er eine Möglichkeit, über den Graben zu kommen.

Ein Baum stand auf seiner Seite und die Äste ragten bis zu den Löwen hinüber.

»Krah, genau, los, rauf auf den Baum!«

Turbo kletterte in der Hoffnung, dass er heil wieder zurückkommen würde, langsam hoch. Er lief auf dem Ast entlang, direkt über die Köpfe der Bestien. Der männliche Löwe, ärgerlich über die Störung und eifersüchtig auf seine beiden Frauen, wurde etwas lauter. Ein kurzes Brüllen und Turbo schaute ihm direkt ins Maul.

Der Löwe witterte zwar die fremde Katze, allerdings hielt er es nicht für möglich, dass ein Kater so frech sein würde, mit seiner Löwin anzubandeln. Träge legte er sich deshalb wieder in die Sonne.

Todesmutig sprang der mutige Kater vom Ast mitten in die Löwengruppe, gerade so an dem größten Raubtier vorbei. Turbo war schneller als die Tatze, die haarscharf an ihm vorbei schlug.

Turbo schnaubte nun seinerseits den Löwen an, der verdutzt liegenblieb. Er kniff verwundert die Augen zu und wähnte sich im „falschen Film".

Diesen Moment der Überraschung, auch für die beiden Löwinnen, sprang Turbo der größten auf den Rücken und flüsterte ihr in seiner Katzensprache ins Ohr: „Ich bin aus Liebe hier, bitte tu mir nichts."

Die Löwin verstand das natürlich und fauchte auch, aber ganz leise: „Hau bloß ab! Wenn du groß bist, darfst du wiederkommen."

„Und wie komme ich hier raus?", fragte Turbo, ihm zitterte etwas die Sprache, denn der Löwe war, nun doch etwas ungehalten, aufgesprungen.

„Da hinten ist auch ein Baum, ich lenke inzwischen meinen Mann von dir ab", beruhigte ihn die Löwin. Sie schnaubte und brüllte dann ihren Mann an, der sich brummend wieder hinlegte. Er war vollgefressen und hatte kein Interesse an so einem mageren Fellbündel.

Turbo trat erst vorsichtig und dann in rasender Geschwindigkeit den Rückzug an.

Die anderen Katzen verfolgten atemlos Turbos Manöver. Der sprang erleichtert auf den anderen Baum und von dort in Sicherheit.

Auch Ronja war froh, ihn wieder zu haben und fragte gleich, was Turbo mit der Löwin so lange besprochen hätte.

Turbo sagte erst einmal ganz laut, dass er sich mit der Löwin abends im Stadtpark treffen wollte. Noch immer etwas zittrig ging er dann allerdings mit Ronja brav nach Hause. Dabei erzählte er ihr die Wahrheit und Ronja bewunderte ehrlich seinen Mut und Witz bei dem Abenteuer.

Ganz wohl war ihr nicht bei Turbos Streichen, sie zerrten mit der Zeit langsam an ihren Nerven. Ronja nahm sich vor, in der nächsten Zeit wenigstens tagsüber ihre eigenen Wege zu gehen.

Von den Löwen war lange Zeit keine Rede mehr und im Stadtpark fand sich in den nächsten Wochen auch keine einzige Katze mehr ein.

Prahlhans blieb für immer verschwunden.

Turbo fängt Fische

Katzen mögen Fisch, aber kein Wasser, jedenfalls wird das im Allgemeinen behauptet.

So sah das auch Turbo.

An einem heißen Sommertag hatte er sich gerade einen sonnigen Platz am See ausgesucht, als ein Mann mit Angel und Klappsitz am Ufer auftauchte. Umständlich befestigte er einen Wurm am Haken und schleuderte ihn mit Schwung auf den See hinaus.

Turbo schaute interessiert zu.

Er wusste, dass Fische im Wasser leben und gut schmecken. Und dass viele Menschen sie mit Begeisterung zu fangen versuchten. Selbst welche zu fangen, wäre Turbo nicht im Traum eingefallen.

Der Mann packte Proviant aus und eine Flasche Bier. Die Angel steckte im Halter, so dass der Mann die Hände freihatte. Hatte er aber nicht, denn in dem Augenblick, wo er die Bierflasche an den Mund setzte, war die Angel weg. Da war ein Fisch.

Zum Glück konnte der Mann die Rute gerade noch greifen, bevor der Fisch sie ganz ins Wasser gezogen hatte. Das Glück dauerte für ihn aber

nicht lange. Er verlor bei dem Manöver das Gleichgewicht und stürzte kopfüber in den See.

Erst war es still. Dann hörte Turbo, wie der Mann prustend auftauchte und fluchend versuchte, aus dem Wasser ans Ufer zu klettern. Als das nicht gleich gelang, warf er erst die Angel auf die Wiese und dann den Fisch.

Ehe er selbst aus dem Wasser war, hatte Turbo schon den Fisch im Maul und rannte, was das Zeug hielt. Der Fisch war nicht groß und der Mann hätte ihn eh nur als Köder benutzt. Für Turbo war das aber ein Leckerbissen.

Nachdem er, der Dieb, mit dem Fisch außer Sichtweite des Anglers gespurtet war, musste er aufpassen, um seine Beute nicht gleich wieder an andere Katzen zu verlieren. Vorsichtig schlich er nun immer auf einsamen Wegen. Er konnte keine Raufereien riskieren. Den Fisch wollte er sich ja mit Ronja teilen. Allerdings blieb es bei dem Vorsatz und das kam so.

Als Turbo den Garten von Fräulein Mabel erreichte, saß dort wieder einmal die weiße Katze und putzte sich. Sie wusste inzwischen, dass Turbo ein Held war, die Geschichte vom Besuch im Löwenkäfig hatte längst die Runde in allen

Stadtteilen gemacht. Schon aus diesem Grund war sie neuerdings nicht mehr abgeneigt, Turbos Annäherungsversuche zu akzeptieren. Pech für sie, dass Turbo in letzter Zeit gar keine mehr gemacht hatte. Er ignorierte sie ganz einfach.

Nur heute war es etwas anderes, Turbo hatte lange kein Abenteuer mehr gehabt. Zwar lief er erst ins Haus und suchte Ronja. Die war aber auch unterwegs.

Der Fisch war noch frisch. Nur wenn er stundenlang warten würde, dann nicht mehr.

Und überhaupt, warum sollte er sich nicht mit seiner Nachbarin versöhnen? Dazu war der Fisch natürlich als Geschenk wunderbar geeignet.

Turbo malte sich in Gedanken aus, wie sie beide den Fisch verzehrten und sich dabei immer näher kamen und als Dankeschön, oh ja, …

Er sah nur noch ihr langes, weißes und wunderschönes Fell und ihre großen grünen Augen.

Was er nicht sah, war das Funkeln, die ihre Augen wie einen eiskalten Bergsee in der Sonne aussehen ließen.

Sie saß da und wartete.

Turbo legte den Fisch vor ihre Füße. Sie fraß den Fisch, ohne Turbo weiter zu beachten. Nicht

einmal die Schwanzflosse ließ sie für den armen Kater übrig.

Er schaute ziemlich traurig, aber auch etwas dämlich drein. Das so heiße Verlangen nach einer wilden Liebesnacht mit dieser Katze war mit einem Mal rapide abgekühlt. Das hatte er nun davon, aber Dummheit muss bestraft werden. Und das besorgte er ebenfalls gleich selbst ...

Er riss sich vom Anblick der Katzendiva los und rannte wie ein Verrückter zurück zum See.

Der Angler saß noch da und neben ihm standen schon einige leere Bierflaschen. Turbo wusste, was das bedeutete. Der Kerl war ungefährlich.

Turbo setzte sich ganz in die Nähe auf die Lauer, und als der Schwimmer an der Leine zu tanzen begann, sprang Turbo todesmutig ins Wasser.

Das war furchtbar nass und kalt, da war der Besuch im Löwenkäfig wesentlich angenehmer gewesen. Aber es half nichts, Turbo paddelte wie ein Wahnwitziger und wirklich, er schnappte sich den Fisch und lief damit schnell nach Hause.

Die weiße Katze saß immer noch da, aber Turbo rannte, ohne sie auch nur eines Blickes zu würdigen, mit dem Fisch vorbei.

Ronja, nun auch zu Hause, wartete auf ihren Freund. Der wusste, dass auch seine Freundin ihre Abenteuer hatte. Aber sie ließ ihn immer wissen, dass er der beste Liebhaber war, den sie sich wünschen konnte.

Turbo legte seine Beute nun vor Ronjas Füße und sie wusste sofort, der Kerl hat ein schlechtes Gewissen. Sie schnüffelte erst ein bisschen mit gespieltem Desinteresse an dem Fisch herum, um ihn dann mit größtem Appetit zu verspeisen. Dabei schaute sie ihn an und schnurrte, als sie sich die Schnauze leckte. Abbekommen hat Turbo auch diesmal nichts, aber er spürte, dass Ronja heute ihren Kater belohnen würde.

Die nächsten Tage verbrachten sie zusammen am See und fingen auf diese clevere Weise noch viele leckere Fische.

Katzenparty

Turbo liebte dieses Leben immer mehr. Glücklich, und weil jeder Tag ihm allein gehörte, strich er übermütig durch die Straßen der kleinen Stadt, im Sommer noch lieber durch die Gärten. Und überall hatte er Freunde und hier und da auch mal einen neidischen Feind. Aber das war nun einmal Turbo und gehörte für ihn dazu. Er musste auch mal raufen können, schließlich hielt er sich für einen Räuber.

In Wirklichkeit aber war er ein liebenswerter Chaot, der keine Liebelei ausschlug und keine Party verpasste.

Und so ein Fest startete an einem lauen Sommerabend in einer Kleingartensiedlung. Eine alte Freundin hatte ihn mitgenommen, in der Hoffnung, dort würde Turbo auf Raubzug gehen und ordentlich Fleisch für die Katzen stibitzen. Natürlich sagte er sofort zu und kurz darauf schlichen die beiden leise durch die Büsche. War gar nicht notwendig, so leisezutreten, auf dem Festplatz war bereits Musik zu hören. Eine Blaskapelle spielte zum Tanz und mehrere Grillroste hatte man aufgebaut, wo Würste und Steaks einen wahnsinnig leckeren Duft an die Luft abgaben.

Als sie dort ankamen, waren sie schon zu viert. Der Duft hatte noch zwei Katzen aus der Straßengang angelockt. Erst mal berieten sie sich und machten einen Schlachtplan. Turbo schlug ein Ablenkungsmanöver vor. Eine Freundin sollte ihm helfen, während die anderen sich um den Raubzug kümmern.

Die Kapelle setzte gerade wieder zum Spiel an. Turbo schaute wie gebannt auf ein Instrument, das riesig aussah und eine wunderschöne Form hatte. Aber das Beste war, es glänzte golden in der Abendsonne. Es handelte sich um eine Tuba.

Was allerdings an Tönen da herauskam, fand Turbo weniger toll. Das brummende Geräusch klang in etwa wie Löwengebrüll und das machte ihn immer noch nervös.

Die Band spielte unter einem Pflaumenbaum, dessen reife Früchte dicht an den Ästen hingen.

In dem Moment hatte Turbo die zündende Idee. Wie ein Blitz war er auf dem Obstbaum und warf eine Pflaume nach der anderen in die Tuba.

Der Bläser, ein großer, kräftiger Mann mit einer starken Lunge, bekam plötzlich Luftprobleme. Er gab sein Bestes und blies die Backen zum entscheidenden Ton auf.

Es klappte.

Der Ton war o. k.

Allerdings flogen die zermatschten Pflaumen in hohem Bogen aus der Tuba, direkt in den Ausschnitt einer beleibten Dame. Die Gäste konnten nicht gleich begreifen, was da vorging. Einige kamen der Dame zu Hilfe, die kreischend aufgesprungen war, weil sie ein Attentat befürchtete.

Die anderen bogen sich vor Lachen.

Der Sänger hielt sein Mikrofon hoch über den Kopf, direkt vor Turbo, der auf den unteren Ast geklettert war. Turbo miaute in das Mikrofon und der Gitarrist, spielte geistesgegenwärtig ein passendes Solo dazu. Die andere Katze miaute ebenfalls auf der Bühne und das Publikum hielt die Katzenmusik für einen gelungenen Gag der Band.

Als der frenetische Applaus abnahm und die Leute sich langsam wieder beruhigten, fehlten mindestens die Hälfte aller Würste und einige Steaks.

Die Katzen rannten mit ihrer Beute zum Treffpunkt an einen ruhigen Ort im Wald und feierten ihre eigene Party.

Der Raubzug war ein durchschlagender Erfolg für Turbo und seine Freunde geworden. Nur die Gefahr, von Tierfängern eingefangen zu werden, stieg für die Straßenkatzen dramatisch an. Sie hielten sich deshalb in den nächsten Wochen vorsichtshalber mehr am Fluss auf, denn die Angler waren nicht ganz so gefährlich.

Turbo wurde in diesem Sommer zum erfolgreichsten Straßenkater der Region gekürt. Und nicht nur von den ihm zu Füßen liegenden Katzendamen, sondern von der gesamten Gang.

Die Geschichte der alten Katze

Als die Tage wieder kürzer wurden, spürte Turbo das erste Mal in seinem Leben das Bedürfnis nach Ruhe. Die Ereignisse des letzten Sommers hatten seine Kräfte weitestgehend verbraucht. Das Alter machte eben auch vor ihm nicht halt.

Eines späten Abends, Turbo schlich müde vom Herumtoben nach Hause und sehnte sich nach der Gemütlichkeit bei Ronja und Fräulein Mabel, traf er im Stadtpark eine alte Katze. Keine Unbekannte für ihn, ja eigentlich war sie ihm schon ein vertrautes Wesen. Nur ihre Zurückhaltung war der Grund, dass er über ihr Leben so wenig wusste. Sie mied im Allgemeinen die Treffpunkte der Straßenkatzen. Wurde nie in Gesellschaft mit ihnen gesehen, vor allen Dingen hielt sie sich von den Katern fern. Wenn es etwas zu fressen gab, schloss sie sich ausnahmsweise der Gang an und niemand verwehrte es ihr. Danach verschwand sie im Stadtpark.

Scheinbar hatte sie das Bedürfnis, sich bei einem Freund auszusprechen. Weil sie wusste, dass Turbo unter seinem leichtsinnigen Fell ein gutes Herz besaß, hatte sie sich ihm an diesem Abend angeschlossen.

Eine durch den sterbenden Sommer erzeugte eigenartige Lautlosigkeit stimmte die beiden melancholisch. Erst schwiegen sie, dann begann die alte Katze leise mit ihrer Erzählung. Ihre Geschichte von einem einfachen Katzenleben. Von ihren Träumen, von Liebe und von Tod.

Ein Jahr ist für diese Tiere eine lange Zeit und für Esmeralda, so hieß sie, war gerade der fünfzehnte Sommer vorübergegangen. Sie fühlte, dass ihr nicht mehr viel Zeit blieb.

Turbo lief still neben ihr her. Versunken in ihre Erzählung. In seiner Erinnerung wurden bei der Schilderung ihrer Jugend Bilder aus seinem eigenen Leben lebendig. Die Schicksale der beiden Wesen ähnelten sich.

Einst war auch sie eine Hauskatze. Wurde aber von Familie zu Familie weitergereicht, weil keiner mehr die Zeit fand, sich um sie zu kümmern. Oder die Familien zogen um. Sie fand zwar immer wieder ein Zuhause, wo sie Schlafplatz und Futter vorfand, Zärtlichkeit und Wärme hatte sie nie erfahren dürfen.

Ihre letzte Heimstatt war bei einer alten Frau gewesen, die sie wirklich gut behandelt hatte. Als sie gestorben war, suchte Esmeralda schnell das

Weite, um dem Tierheim zu entgehen. Nun lebte sie seit fast fünf Jahren auf der Straße.

In ihrem langen Leben war sie allerdings nicht immer alleine geblieben, sie hatte ihre Liebe gefunden, einen Kater, der sie einen Sommer lang verwöhnte. Sie wurde Mutter und brachte drei Katzenbabys auf die Welt.

Abgöttisch liebte sie ihre kleine Familie. In einem Holzschuppen hatte sie ein kuschliges Nest gebaut. Dort sollten die Kinder aufwachsen und sie hoffte, noch mehr zu bekommen. Ahnungslos vertraute sie den Menschen. Die leider die Meinung vertraten, dass Katzen kein Familienleben brauchten.

Sie selbst musste vor den Tierfängern flüchten und eines Tages war der Schuppen nicht mehr da. Man hatte ihn abgerissen. Esmeralda konnte ihre Kinder nicht retten. Dann, kurze Zeit später, verschwand auch Charly, ihre große Liebe, auf mysteriöse Weise. Andere Katzen erzählten ihr, dass er tot sei, von einem Auto überfahren.

Grenzenlose Trauer ließ sie scheu und einsam werden. Sie brauchte lange Zeit, bis sie wieder fressen konnte. Immer schwächer werdend erlebte sie triste Tage und Nächte.

Esmeralda vegetierte nur noch so vor sich hin und mied seither Menschen und Tiere.

Doch diesen Sommer lebte sie auf. Sie liebte es immer noch, ganz alleine in der Sonne zu dösen und an Charly zu denken, dessen liebevolle Berührungen ihr so fehlten. Aber vielleicht hatte sich ihre Natur nur gegen das fortwährende Elend gewehrt. Jedenfalls in diesem Sommer wurde sie wieder zugänglich für die Schönheit des Lebens. Und wenn sie einen Tag in der Sonne verbracht hatte, erzählte sie es Charly. Sie vermeinte, ihn wieder bei sich zu haben.

Auf einer Bank im Park hatte sie einen Schlafplatz gefunden. Die Tage waren zwar sonnig, aber die Nächte wurden kälter. Trotzdem fror sie dort nicht. Immer wenn sie einschlief, fühlte sie eine unerklärliche Wärme.

Anfangs dachte sie an schöne Träume, wenn Charly kam. Dann konnte sie ihn plötzlich sehen und spüren. Er lag ganz dicht neben ihr und streichelte sie wie in alten Zeiten. Sie fühlte das Kitzeln seiner Barthaare und eigenartig, wenn sie dann morgens aufwachte, spürte sie seine Gegenwart immer noch.

Sie ahnte, dass Charly irgendwo auf sie wartete.

Turbo war schon fast zu Hause angekommen und Esmeralda hatte ihre Geschichte beendet.

Er bot ihr an, zu ihm, Ronja und Fräulein Mabel mitzukommen, aber sie war die Straße gewöhnt und wollte unbedingt zu ihrem Schlafplatz zurückkehren. Wegen Charly.

Als sie dort ankam, war es spät geworden und der Nachthimmel strahlte im Glanz der vielen Sterne. Esmeralda konnte diesmal lange nicht einschlafen. Es war nicht die Kälte, die sie wach hielt.

Es war der nahe Abschied vom Leben, der sich ankündigte. Abschied für immer. Von den anderen Straßenkatzen, von dem Glück, dass der Frühling jedes Jahr erzeugte und von den Menschen, die sie so schlecht behandelt hatten.

Mit weit aufgerissenen Augen schaute sie in den Himmel, als müsste sie das ganze Universum über sich erfassen. Als wollte sie damit so viel wie möglich aus der realen Welt mitnehmen. Sie hatte trotz allen Kummers das Leben geliebt.

Zwei warme Pfoten legten sich um ihren Hals. In dieser Nacht besiegte die Liebe das Elend und die Kälte. Esmeralda schnurrte noch einmal vor Wohlbehagen. Dann schloss sie die Augen und ließ sich von Charly in eine andere, wunderbare Welt entführen.

Turbo war froh, als er wieder zu Hause war. Er verbrachte die Herbstabende nun immer gemeinsam mit Fräulein Mabel und Ronja. Tagsüber, wenn ihre Lieblinge draußen herumstromerten, sammelte das alte Fräulein alles, was sie in Wald und Flur finden konnte, um Spielzeug für ihre Katzen herzustellen. Für diesen Abend hatte sie aus Tannenzapfen Mäuse gebastelt, die sich wie von Geisterhand bewegten. Turbo und Ronja haben nie erfahren, wie sie das machte. Doch das war ihnen eigentlich egal, die Hauptsache war die Gemütlichkeit, die sie genießen durften.

Immer einsam gewesen, in der Liebe hatte sie auch kein Glück gefunden, wusste das alte Fräulein, dass ihr Herz nun ganz und gar den beiden Tieren gehörte.

Familientreffen

Langeweile kannten die beiden Katzen wahrlich nicht. Ronja trieb sich, genau wie Turbo, immer noch in der Gegend herum, und beide kamen oft erst spätabends zu Fräulein Mabel zurück.

In den letzten Tagen war Ronja etwas nervös geworden, denn eine schwarze Katze lief ihr ständig hinterher, allerdings stets in gehörigem Abstand. Sie wusste anfangs nicht, was sie davon halten sollte. Dann erzählte Turbo, dass ihm das Gleiche wiederfuhr. Anfangs kamen sie einfach nicht auf die Idee, dass es ihr eigener Nachwuchs sein könnte. Aus Heimweh nach der Kinderstube suchten die Geschwister ihre Eltern. Als diese das begriffen hatten, suchten sie nun ihrerseits nach den anhänglichen Katzen. Kurz darauf war die Familie wieder komplett. Ronja hatte ihre Tochter im Schlepptau und Turbo seine beiden Söhne.

Überglücklich feierten sie ihr Wiedersehen. Vor allem, weil alle Kinder und Eltern gesund und munter waren. Diesmal gingen sie nicht in den alten Schuppen, sondern direkt in die Wohnung des alten Fräuleins.

Fräulein Mabel trug gerade eine Tasse Tee in ihr Wohnzimmer, als die Meute auftauchte. Ihr

fiel sofort die Ähnlichkeit der Katzen auf. Die Tatsache, dass sie wirklich alle fast gleich aussahen, ließ sie an den letzten Sommer denken.

Die fünf Katzen saßen ganz still vor ihr und warteten ab.

Fräulein Mabel überlegte, das Tierheim kam nicht infrage und nach draußen, in das nasskalte Wetter, nein, ging auch nicht. Nicht einen ihrer Lieblinge wollte sie hinaustreiben. Da kam ihr der rettende Gedanke.

Sie rief kurzerhand ihre Freundinnen zusammen, um ihren obligatorischen Bridgeabend zu veranstalten. Es war sowieso an der Zeit, wieder einmal bei Tee, Kuchen und Kartenspiel alte Freundschaften zu pflegen. Die alten Damen waren immer ganz entzückt von Turbo und Ronja gewesen und beneideten Fräulein Mabel um ihre Lieblinge. Und jetzt, sagte sich Fräulein Mabel, mal sehen, ob das ehrlich gemeint war.

Sie kaufte zuerst für die Katzen ein. Es waren Zutaten für ein opulentes Mahl und dann bereitete sie für ihren Besuch ein paar leckere Sandwiches zu. Natürlich kredenzte sie dazu einen besonders guten Wein.

Am Abend kamen dann drei von Fräulein Mabels besten Freundinnen und wurden wie bei allen Besuchen liebevoll empfangen. Nach dem Begrüßungsschluck wurde der Bridgeabend eröffnet.

Die Freundinnen ließen es sich schmecken und wurden vom Wein immer lustiger. Und während sie Karten spielten und sich dabei wunderbar amüsierten, schlichen die Katzen, eine nach der anderen, ins Zimmer.

Die drei jungen Katzen schnurrten und strichen mit ihrem weichen Fell um die Beine der alten Damen, was diese als sehr angenehm empfanden.

Der Wein tat sein Übriges.

Sie schmusten mit den schwarzen Fellknäueln um die Wette, und als sich die drei Frauen spät in der Nacht verabschieden wollten, hatte jede ihre Katze bereits auf dem Arm.

Fräulein Mabel bestellte ein Taxi und die drei Frauen kamen leicht beschwipst, aber überglücklich, mit ihren Schätzchen zu Hause an.

Wieder allein in der Wohnung bei Fräulein Mabel schauten Turbo und Ronja ihre Wohltäte-

rin abwartend an. Und das Fräulein ihre beiden Lieblinge.

»Na, hab ich das gut hinbekommen?«, fragte sie die Katzen. Sie konnte bei ihnen ein geheimnisvolles Flackern in den grünen Augen entdecken. Ein Zeichen, dass sie wieder mal gleiche Gedanken und Ideen hatten, die übrigens wie immer perfekt funktioniert hatten.

Sie schenkte sich noch ein Glas Wein ein und nahm ihre Lieblinge auf den Schoß. Dabei überlegte sie und kam zu dem Schluss, dass Katzen doch sehr intelligente Wesen sind.

Abschied von Ronja

Stürmisches und kaltes Wetter hielt die beiden Katzen im Haus. Die Abende in dem altmodischen Zimmer mit dem Plüschsofa und den vielen Kissen ersetzten Turbo und Ronja die Abenteuer auf der Straße, die sie nicht einmal vermissten. Sie fühlten sich einfach nur wohl. Sie saßen auf dem Sofa, Fräulein Mabel in der Mitte. Die beiden genossen beim Fernsehen die Krauleinheiten so lange, bis ihr Fräulein eingeschlafen war.

Richtige Stubenkatzen sind sie trotz allem nie geworden. Tagsüber, wenn es das Wetter zuließ und Fräulein Mabel ihr Mittagsschläfchen hielt, flitzten sie ins Freie. So wie eines Tages, als die Winterkälte nachließ, der Schnee taute und die ersten Schneeglöckchen ihre Köpfe aus den Matsch heraussteckten.

Sie wollten endlich wieder einmal ihre Freunde treffen. Über den Winter war keine der Straßenkatzen zu sehen. Anzunehmen, dass sie sich irgendwo verkrochen hatten.

Aber auch an diesem Tag fanden sie nicht einen ihrer Freunde. Es war Sonntag und sowieso sehr ruhig auf der Straße.

Irgendwann kam ihnen ein Auto entgegen, aus welchem sie beim Vorbeifahren das ängstliche

Miauen von Katzen hörten. Sofort witterten sie die Gefahr.

Ronja, in Angst, um die Freunde, rannte in die eine Richtung, Turbo in die andere. Sie wollten so viele wie möglich warnen, denn es waren eindeutig Tierfänger, die verwilderte Katzen und Hunde einfingen.

Turbo schaute sich noch einmal um, er ahnte nicht, dass er Ronja in diesem Moment das letzte Mal sehen würde.

Verzweifelt suchte er an allen Orten nach den Katzen. Stundenlang schlich er durch den Stadtpark. Alle Verstecke besuchte er und doch fand er niemanden mehr an den alten Treffpunkten an.

Niedergeschlagen kam er nach Hause. Ronja war noch nicht da. Und er wartete auch später vergebens auf seine Freundin. Tagelang durchkämmte er die Stadt nach den Straßenkatzen. Sie blieben spurlos verschwunden.

Als Turbo nach einigen Tagen hungrig und verwahrlost zu Fräulein Mabel zurückkam, zog tiefe Trauer bei den beiden ein. Sie liebte Ronja genauso sehr wie Turbo. Und aus Angst, ihn auch noch zu verlieren, sperrte sie ihn ins Haus ein.

Als die Gefahr vorüber zu sein schien, ließ sie ihn ins Freie. Der Kater saß den ganzen Tag am Gartenzaun, in der Hoffnung, dass Ronja zurückkommen würde.

Fräulein Mabel ertrug die Quälerei ihres Katers nur schwer. Immer wieder sprach sie zu ihm und zu sich selbst, dass es mit ihnen so nicht weitergehen konnte. Es leben noch andere einsame Geschöpfe in der Welt, dachte sie und entschloss sich zu handeln.

„Bitte bleib hier, Turbo", sagte sie zu ihm und streichelte ihn liebevoll. Schon im Mantel, und mit einer großen Tasche in der einen Hand, kraulte sie mit der anderen noch einmal ihren Liebling. Dann fiel die Tür ins Schloss.

Es war dunkel, als sie wieder nach Hause kam und vorsichtig ihre Einkaufstasche abstellte. Sie begrüßte ihren Kater wie immer, indem sie ihn wieder streichelte. Doch diesmal spürte er an dem geheimnisvollen Tun des alten Fräuleins, dass sie eine Überraschung für ihn hatte.

Und wirklich, es wurde spannend. Fräulein Mabel nahm ihn auf ihren Schoß und sprach ganz leise zu ihm: „Es tut mir so leid, Ronja ist tot. Ich habe sie in allen Tierheimen und Tierkliniken

gesucht, ich hatte schon an alle Bäume im Stadtpark Zettel geklebt. Doch man hat mir ihr Halsband gezeigt. Du sollst aber nicht alleine bleiben. Schau in die Tasche, Turbo, und hab sie lieb." Sie nahm ihre Brille ab und schaute still aus dem Fenster.

Trotz seiner Trauer hatten sich Turbos Lebensgeister wieder eingefunden. Er sprang auf den Boden und schaute in die Tasche. Erst mal sah er nichts, aber plötzlich fühlte er einen brennenden Schmerz. Eine Ohrfeige, von einer Pfote die Krallen hatte.

„Turbo, das ist keine ordinäre Katze, das ist die Tochter einer reizenden Perserkatze, nämlich von Felicitas von Katzenfels. Also bitte, benimm dich!"

Fräulein Mabel hatte, nachdem sie vom Tod Ronjas erfuhr, nach einer neuen Gefährtin für ihren Liebling gesucht.

In der Tageszeitung fand sie ein Angebot und lief spontan zu Frau Dr. Meier, der Besitzerin von den annoncierten jungen Katzen.

In der Wohnung von der Rechtsanwältin herrschte die gleiche herzliche Atmosphäre wie

bei Fräulein Mabel. Obwohl weder die Wohnungen noch die beiden Frauen selbst eine Ähnlichkeit miteinander hatten. Beide waren herzliche, aber einsame Frauen. Und sie waren sich sofort sympathisch. Bei einer Tasse Tee unterhielten sie sich natürlich nur über ihre Lieblinge.

Auf einem rosa Kissen lagen drei niedliche Mini-Tiger mit ihrer schönen Mutter Felicitas.

Frau Dr. Meier verschwieg anfangs, dass sich die angeblich so reinrassige Stubenkatze Felicitas, zu einem stadtbekannten Straßenfeger gemausert hatte. Der Name „von Katzenfels" war ebenfalls geflunkert, was Frau Dr. Meier später, sie waren inzwischen beim dritten Glas Wein angelangt, kichernd zugab. Und auch unumwunden erzählte, dass der Vater der niedlichen Bande ihr persönlich völlig unbekannt war.

Aber das alles war Fräulein Mabel egal, sie war vernarrt in die Kätzchen. Und konnte sich einfach für keins von den Dreien entscheiden.

So kam es, dass Frau Dr. Meier einfach ein weißes Kätzchen in die Tasche ihrer neuen Freundin packte. Es war das, was Felicitas am ähnlichsten war.

Turbo hatte schon eine Weile nicht mehr auf die Worte von Fräulein Mabel gehört, er betrachtete seit geraumer Zeit entzückt seine neue Spielgefährtin. Aber als der Name Felicitas fiel, ließ ihn das elektrisiert aufhorchen. Er steckte seinen Kopf noch einmal weit in die Tasche hinein und holte vorsichtig das Kätzchen heraus. Es fauchte den Kater an und wollte kratzen. Sein schwarzes Fell ängstigte es anfangs. Doch Turbo leckte es einfach an der Nase, bis die kleine Katze niesen musste. Und dann balgten und schmusten die beiden, was das Zeug hielt. Entgegen den Anweisungen von Fräulein Mabel, sie wie eine Prinzessin zu behandeln, brachte er ihr jeden Tag neuen Unfug bei. Und bald stromerten sie zusammen durch den erwachenden Frühling.

Turbo fühlte sich jung, wie vor Jahren, als er seine erste große Liebe genossen hatte. Und Fräulein Mabel schenkte alle ihre Herzenswärme, die sie bei den Menschen stets vermisst hatte, ihren beiden Katzen.

jutta_s

*geboren 1947 in Bautzen,
studierte Klima- und Kältetechnik,
arbeitete bis 2011 als Ingenieur für Versorgungs- und Umwelttechnik,
schrieb Texte für Chansons und Kurzgeschichten, die sie selbst illustrierte.
Seit 1995 Beschäftigung mit Kinderbüchern und Satire, hauptsächlich zu den Themen Natur und Umwelt.
Das Buch »Kater Turbo - ein liebenswerter Chaot« erschien bereits 2012 beim Verlag Vindobona, 2015 als überarbeitete Neuauflage bei BoD.
Weiterhin erschien 2014 das Buch »Schräge Vögel, coole Mäuse und die geheimnisvolle Wassernase«.*

www.juttaskinderbuch.de